## Vente des 12 et 13 Janvier 1866

# FAÏENCES FRANÇAISES

EXPOSITION PUBLIQUE :

### Le Jeudi 11 Janvier 1866

Mᵉ Ch. PILLET, Commissaire-Priseur

M. ARONDEL, Expert

EXEMPLAIRE DE H. STETTINER

PARIS. — IMPRIMERIE PILLET FILS AINÉ
5, RUE DES GRANDS-AUGUSTINS

# CATALOGUE

d'une importante Collection

DE

# FAÏENCES FRANÇAISES

## DE ROUEN, NEVERS, STRASBOURG & MARSEILLE

**Faisant partie du cabinet de M. D*****

DONT LA VENTE AUX ENCHÈRES PUBLIQUES AURA LIEU

## HOTEL DROUOT, SALLE N° 5

## Les Vendredi 12 et Samedi 13 Janvier 1866

A UNE HEURE ET DEMIE

---

Par le ministère de Mᵉ **CHARLES PILLET**, Commissaire-Priseur,
rue de Choiseul, 11,

Assisté de M. **ARONDEL**, Expert, rue de Choiseul, 16,

*Chez lesquels se distribue le présent Catalogue.*

---

## EXPOSITION PUBLIQUE

*Le Jeudi 11 Janvier 1866, de une heure à cinq heures.*

# CONDITIONS DE LA VENTE

Elle sera faite au comptant.

Les acquéreurs payeront, en sus des adjudications, *cinq pour cent*, applicables aux frais.

L'exposition mettant le public à même de se rendre compte de l'état des objets, il ne sera admis aucune réclamation une fois l'adjudication prononcée.

Paris. Imp. PILLET FILS AÎNÉ, rue des Grands-Augustins, 5.

# DÉSIGNATION

# DES OBJETS

## Rouen

1 — Un très-grand plat, beau décor.

2 — Un grand plat, décor à rosaces.

3 — Un grand plat, décor de trophée avec bords cachemire.

4 — Deux plats, décors de fleurs et oiseaux.

5 — Un plat, décor chinois.

6 — Un plat, décor polychrome.

7 — Un très-beau plat à la corne.

8 — Un plat polychrome, décor de fleurs.

9 — Un plat polychrome, décor de fleurs.

10 — Un beau plat ovale, décor cachemire.

11 — Un plat paysage, oiseaux, insectes et fleurs.

12 — Six plats ovales, décor à la corne (sera divisé).

13 — Cinq plats ronds, décor à la corne (sera divisé).

14 — Assiettes, décors de fleurs et oiseaux.

15 — Deux fromagères, décor de fleurs et oiseaux.

16 — Deux belles assiettes, décor rocaille.

17 — Deux assiettes pareilles aux précédentes.

18 — Une assiette, décor au carquois.

19 — Trois assiettes, fleurs et fruits.

20 — Dix-huit assiettes à la corne (sera divisé).

21 — Deux assiettes, décor de fleurs.

22 — Deux beaux compotiers, décor à la corne

23 — Deux grands compotiers, décor à la corne.

24 — Un joli compotier, décor rocaille.

25 — Vingt compotiers de différents décors (sera divisé).

26 — Une belle banette, décor rocaille.

27 — Une autre banette, décor chinois.

28 — Un très-beau surtout de table, décor bleu.

28 bis. — Deux brûle-parfums, décor bleu (vente Mathieu
Meusnier).

29 — Une soupière à la corne.

30 — Une soupière ovale, décor de fleurs.

31 — Une soupière ovale, décor à la corne, fruits en relief,
et sucrier (sera divisé).

32 — Un huilier, décor chinois.

33 — Quatre huiliers, décors divers (sera divisé),

24 — Trois seaux différents décors (sera divisé).

35 — Deux saucières.

36 — Quatre salières, deux jardinières, un bénitier (quatorze pièces) (sera divisé).

37 — Quatre bouteilles, décor polychrome.

38 — Onze pots avec couvercle, décors variés (sera divisé).

39 — Deux très-beaux casques.

40 — Une fontaine avec son bassin.

40 bis — Sous ce numéro, un grand nombre de pièces qui seront vendues par lots.

## Nevers

41 — Un très-grand plat, décor chinois.

42 — Un grand plat bleu.

43 — Un grand pot fond bleu de Perse, décor blanc et jaune.

44 — Deux petits vases bleu turquoise, décor de même.

44 bis  - Un bassin fond bleu avec bordures et corbeille de fleurs au milieu.

## Lille

45 — Un plat, décor de fleurs et oiseaux.

46 — Deux plats à bords quadrillés.

47 — Deux plats à décors de fleurs.

48 — Deux plats paysages, oiseaux.

49 — Un très-beau plat avec bordure rocaille.

50 — Vingt-huit plats de décors variés (sera divisé).

51 — Quatre assiettes à bordures et guirlandes.

52 — Cinquante et une assiettes de différents décors (sera divisé).

53 — Un grand pot avec figure de femme.

54 — Un chauffe-pied avec figure.

55 — Un plus grand avec trois sujets religieux.

56 — Un pot, décor de fleurs.

57 — Un pot, décor rocaille.

58 — Deux pots, décor personnages.

# Faïences patriotiques

59 — Douze assiettes de différents décors (sera divisé).

60 — Un très-grand pot avec personnages, couronne et vive la nation.

61 — Un pot avec les armes de France.

62 — Un pot avec cage et vive la liberté.

63 — Un pot avec fleurs de lis couronnées.

64 — Un pot avec ballon et couleurs nationales.

# Delft

65 — Deux très-beaux plats à compartiments, décor polychrome.

66 — Un plat fond jaune, décor de fleurs.

67 — Un plat fond blanc, décor chinois.

68 — Un plat fond blanc, décor bleu.

69 — Deux plats fond vert, décor de fleurs.

70 — Deux plats à godrons, décor bleu.

71 — Vingt-sept plats de grande dimension et de décors variés (sera divisé).

72 — Six très-belles assiettes à compartiments, décorées de fleurs.

73 — Huit assiettes bordées de brun, décorées de papillons.

74 — Six assiettes, sur le marli des fleurs, au milieu les gueux de Callot (sera divisé).

75 — Trois assiettes avec personnages.

76 — Deux assiettes, décor bleu (très-fines).

77 — Deux belles assiettes, décor chinois.

78 — Deux assiettes, décor bleu.

79 — Deux compotiers, quatre potiches (divisé).

80 — Une assiette, décor chinois.

81 — Deux assiettes, décors chinois rehaussés d'or.

82 — Une assiette, décors chinois rehaussés d'or.

83 — Deux compotiers, décors chinois rehaussés d'or. .

84 — Quarante-cinq assiettes de décors différents (seront vendues par lots).

85 — Deux pyramides, fond jaune à médaillon.

86 — Deux fromagères à jour, avec leurs plateaux.

87 — Deux bouteilles, décor bleu rehaussé d'or.

88 — Deux beurriers, décor bleu avec armoirie.

89 — Une boîte à poudre, décor polychrome.

90 — Deux oiseaux sur branches d'arbres.

91 — Un magot portant sur la tête une horloge.

92 — Trois pièces, cornets, décor polychrome.

93 — Un très-grand pot, décor de fleurs.

94 — Une bouquetière, une tirelire, quatre vases (sera
divisé).

95 — Une belle gourde, décor bleu.

96 — Deux brûle-parfums et quatre très-belles plaques
(Sera divisé.)

## Strasbourg

97 — Deux jardinières, dont une à relief.

98 — Une soupière avec son plat.

99 — Un porte-bouquet.

100 — Deux beaux seaux à anses.

101 — Deux-porte bouquet.

102 — Un porte-huilier.

103 — Deux beurriers.

104 — Un sucrier.

105 — Un pot à eau,

106 — Une petite jardinière.

107 — Une théière.

108 — Une aiguière.

109 — Une saucière.

110 — Un porte-huilier.

111 — Deux belles corbeilles.

112 — Deux plats à fruits avec anses.

113 — Une corbeille.

114 — Un moutardier, une salière et deux pots à crème.

115 — Une saucière et son plateau.

116 — Quatre plats longs.

117 — Quatre compotiers.

118 — Deux très-grands plats longs.

119 — Seize assiettes diverses.

## Marseille

120 — Six grands plats (sera divisé).

121 — Quarante-huit assiettes décors divers (sera divisé).

122 — Une écuelle fond jaune.

123 — Dix compotiers (sera divisé).

## Moustiers

124 — Deux belles sucrières.

125 — Deux petits seaux à anses tors.

126 — Grand plat, sujet d'après Callot.

127 — Une très-belle écuelle avec son plateau, décor polychrome.

128 — Deux compotiers.

129 — Six assiettes décor polychrome.

130 — Une écuelle, un biberon et une tasse.

## Faïences diverses

131 — Treize grands plats de différents décors, qui seront vendus par lots.

132 — Un très-beau plat faïence de Lorraine, avec décor Louis XV à reliefs (pièce rare).

133 — Quatre plats ovales faïence d'Allemagne.

134 — Deux assiettes et deux autres pièces fruits divers.

135 — Une très-belle soupière, décor Louis XV.

136 — Un grand plat de Sciavone.

137 — Cinq assiettes de Sciavone.

138 — Un plat italien représentant des mendiants.

139 — Assiette de Faenza, sujet biblique.

140 — Deux vases avec anses et goulots.

141 — Une plaque de Castelli.

142 — Deux plats de Perse.

143 — Trois assiettes Castelli.

144 — Douze pièces faïences d'Allemagne (sera divisé).

145 — Six très-belles assiettes en faïence de Nidervillers.

146 — Trois assiettes bordures à jour.

147 — Deux grosses potiches de Castel-Durante montées en bois.

148 — Un très-beau hanap (vente Mathieu Meusnier).

149 — Une très-belle potiche, décor trophées et figures.

150 — Deux beaux cornets Faenza.

151 — Un cornet Faenza.

152 — Trois potiches Castel-Durante.

153 — Un beau plat avec armoirie.

154 — Une assiette, faïence de Saint-Cenis.

155 — Quatorze cruches et vases en grès de Flandre, de belles formes et belle qualité (sera divisé).

156 — Six coquetiers.

157 — Une commode de Rouen.

158 — Une très-jolie tasse avec sa soucoupe, fleurs rehaussées d'or.

159 — Une gourde décorée de trophées de jardinage.

160 — Plusieurs huiliers avec leurs burettes.

161 — Un vase, faïence d'Orléans, fond blanc jaspé de rouge, (vente Mathieu Meusnier).

162 — Une très-grande quantité de pièces de faïence, qui seront vendues par lots.

## Porcelaines

163 — Deux grandes potiches fond rouge haricot.

164 — Deux autruches.

165 — Un service en porcelaine de l'Inde, composé de :

Trois grands plats ronds ;
Quatre plats ronds moyens ;
Deux saucières avec plateaux ;
Une soupière ;
Deux légumiers ;
Deux plats, dont un ovale ;
Vingt assiettes ;
Deux petits plateaux ;
Un bol ; en tout trente-neuf pièces.

Ce service, décoré d'une très-grande armoirie au milieu, est remarquable par sa conservation.